AF502205

DES

PENCHANTS

DE

LA NATURE,

DISCOURS

qui a concouru pour le prix proposé en 1767, & remis à 1768, par l'académie royale des sciences & belles-lettres de Prusse, & qui a obtenu l'accessit.

Natura incipit, ars dirigit, usus perficit.

G. J. Vossius.

A BERLIN,

Et se trouve A PARIS,

Chez GAUGUERY, Libraire, rue des Mathurins, au Roi de Danemarck.

M. DCC. LXIX.

DES PENCHANTS DE LA NATURE.

MESSIEURS,

VOus demandez *si l'on peut détruire les penchants de la nature, ou en faire naître qu'elle n'ait pas produits : & quels sont les moyens de fortifier les penchants, lorsqu'ils sont bons ; ou de les affoiblir, lorsqu'ils sont mauvais ; supposé qu'on ne puisse pas les détruire entièrement.*

Lorsque j'ai lu cette question ; j'ai

cru voir une aſſemblée de ces hommes célebres que la Grece honora du nom de Sages : j'ai cru les entendre eux-mêmes propoſer un puiſſant moyen d'être utile aux hommes. Si nous pouvons nous flatter qu'il y ait un art de former les mœurs, la ſolution de ce problême en dévoileroit les fondements : nous ſommes à leur égard, comme on étoit à celui de la philoſophie, lorſque Deſcartes éclaira l'Europe. Depuis l'antiquité la plus reculée, cette ignorance paſſe d'âge en âge ; ſans que les efforts des législateurs & des moraliſtes de toute nation en aient ſuſpendu l'effet dangereux. Ne ſoyons point ſurpris qu'il n'aient pas corrigé les hommes. Les uns ont reſpecté les opinions, les lois de leur temps, comme la vérité même ; ils ont jugé l'homme & ſa nature d'après les faux principes qu'ils adoroient aveuglément, & qu'ils auroient dû ſoumettre à l'examen de la raiſon. Les autres ont vu les erreurs des hommes ; mais n'ayant ni des connoiſſances aſſés proſondes pour en trouver les remedes, ni une ame aſſés courageuſe pour les combattre, ni un pouvoir aſſés grand pour les détruire, ils ont donné des ſyſtêmes de mœurs & de lois, conformes à ces erreurs, mais contraires à la nature, qui les ébranle en touts lieux, & ſouvent les renverſe. Cette contrariété preſque univerſelle a fait touts les maux de l'eſpece humaine. Vous les voyez, Meſſieurs; vous en êtes affligés; vous invitez touts les hommes à chercher des remedes à ces maux; vous deſirez qu'ils dépouillent les reſtes de leur barbarie, & que rendant leurs mœurs auſſi raiſonnables qu'elles peuvent l'être, ils aient tout le bonheur dont la jouiſſance leur eſt deſtinée. Je forme les mêmes vœus; j'ai les mêmes deſirs; que ne ſuis-je éclairé des mêmes lumieres! Mais la droiture de l'intention, le pur amour de l'humanité, peuvent me tenir lieu de génie, & m'élever juſqu'à l'objet que vous propoſez d'atteindre. Conſidérer l'action réciproque de l'ame & des organes; & remonſant par cette voie à l'origine des penchants, prouver qu'on ne peut pas détruire ceux que la nature a faits, mais qu'on peut en faire naître qu'elle n'ait pas produits; découvrir les procédés qu'elle emploie pour développer l'eſprit & le corps humain, & donner les moyens de ſeconder & de diriger ce développement; établir ſur cette baſe les moyens d'affoiblir ou de fortifier les penchants, de les faire naître ou de les détruire; & indiquer les coutumes contraires à ces moyens: voilà les parties principales que je vois dans mon ſujet. Je vais les traiter en général; les bornes de cet écrit n'admettent point les détails: d'ailleurs je parle à des philoſophes, à des hommes qui ſavent ſaiſir & appliquer les plus grandes généralités.

PREMIERE PARTIE.

SECTION PREMIERE.

De l'action réciproque de l'ame & de ses organes.

NOUS ne connoissons point la nature de nos organes ; nous ignorons entièrement les rapports qui sont entre eux, l'espece & la quantité d'action qu'ils ont les uns sur les autres. Nous n'acquérons des idées que par le moyen des corps qui agissent sur nos sens. Celles que nous avons de notre ame ne peuvent qu'être fort obscures ; puisqu'étant le sujet de nos organes, elle ne peut jamais en être l'objet. Ainsi nous ne pouvons connoître ni la relation qui est entre l'ame & les organes, ni la maniere dont elle les meut, ni comment les mouvements qu'ils reçoivent, occasionnent en elle des modifications ou changements d'état ; car l'idée déterminée d'une relation, & de celles qui peuvent en être déduites suppose nécessairement une connoissance précise des deux termes qui la composent. Ainsi nous ne pouvons point en cette matiere parvenir à la connoissance des effets par celle de la cause : la recherche de cette voie supérieure à notre nature nous égareroit infailliblement, & ne conduiroit tout au plus qu'à la gloire d'imaginer des hypothèses brillantes, des systêmes ingénieux ; vaine gloire, peu flatteuse pour un homme qui desire véritablement le bonheur des hommes. Abandonnons les raisonnements purement systématiques ; « observons la nature toujours simple & semblable à elle-même ; & malgré toute » hypothèse contraire, recevons les propositions recueillies des phénomenes » par induction, comme exactement » vraies ou très proches de la vérité. (a).

(a) Newton. philos. natur. princip. matthem. Colon. Allobr. tom 3. pag. 3 & 5.

La nature ſimple en ſes loix varie ſes effets à l'infini. En modifiant le toucher de cinq manieres différentes, elle produit en nous cinq divers ſens. Les organes propres à leur uſage, étant ébranlés par les objets, ſoit immédiatement, ſoit par le moyen de l'air ou de la lumiere, font éprouver à l'ame une modification, un changement d'état: cette action des ſens ſur l'ame eſt nommée ſenſation, & la maniere d'être ou l'état qui en réſulte eſt ce qu'on appelle idée.

Tandis que l'ame eſt unie au corps, elle n'acquiert le ſentiment de ſon état, c'eſt-à-dire, elle n'acquiert d'idées que par l'intervention des ſens, & par l'action des organes qui leur ſont propres: mais comme ils different en qualité, ſoit dans touts les hommes, ſoit dans le même homme en différents temps; les idées des mêmes objets y ſont différentes. Elles ſont les ſignes des objets, & non leurs images; elles en ſont repréſentatives, comme l'effet l'eſt de ſa cauſe.

Il eſt évident que l'ame, étant douée de ſentiment, ne peut pas ſe tromper ſur ſa maniere d'être; car il y auroit contradiction juſques dans les termes de la propoſition contraire; ce ſeroit dire que l'ame eſt douée de ſentiment, & qu'en même temps elle ne l'eſt pas. Mais de même que nous concevons clairement un effet; quoique la cauſe en ſoit douteuſe, obſcure, ou même inconnue: nous pouvons avoir le ſentiment d'une idée, ſans connoître diſtinctement ce qui l'a produite. Telle eſt l'origine de notre ignorance ſur tout ce qui eſt hors de notre ame, & la ſource principale des illuſions de nos ſens: nous prenons une cauſe pour une autre, nous confondons les objets: nous attribuons à une ſeule l'effet de pluſieurs; lorſque leur action égale & ſimultanée ne produit en nous qu'un ſentiment unique, une ſeule idée: nous rapportons à pluſieurs l'effet d'une ſeule; lorſqu'agiſſant en même temps & inégalement ſur deux parties différentes, elle produit en nous deux ſentiments, deux idées diſtinctes.

Dès que le même organe éprouve un ébranlement ſemblable à celui qu'il a déja éprouvé; l'ame a le ſentiment d'une modification, d'une idée ſemblable : elle n'eſt pas, ou du moins elle eſt rarement la même qu'à l'inſtant de ſa production : elle eſt ſeulement de même eſpece & differe du plus au moins. Touts les nerfs, toutes les fibres dont les organes ſont composés, ayant entre eux plus ou moins de liaiſon; l'ébranlement des uns ſe communique à d'autres, & occaſionne à l'ame le ſentiment de plus ou moins d'idées différentes; ſans que la préſence des objets qui en ont été la premiere cauſe, ſoit néceſſaire à cette reproduction.

Dès qu'une idée eſt reproduite, ſoit par cette voie, ſoit par la faculté active & libre que touts les hommes s'accordent à reconnoître en eux, & qu'ils appellent mémoire; les organes qui ont été la premiere cauſe de cette idée, ſont alors diſpoſés par une réaction de l'ame à un ébranlement pareil à celui que leur imprima l'objet : ce nouvel ébranlement eſt ſur-tout ſenſible dans le ſouvenir des paſſions violentes, telles que la colere, la crainte, la haine, l'amour.

L'ame ayant acquis des idées par le moyen des ſens, opere ſur elles : elle les connoît, les combine, les aſſocie, les déſunit, les compare, les juge, les veut, les deſire ; & l'attention qu'elle prête à ſes opérations, lui fait acquérir des idées nouvelles.

Des combinaiſons infinies de toutes ces idées naiſſent diverſes progreſſions ou chaînes de ſenſations & de ſentiments; qui, de même que les idées dont elles ſont compoſées, different dans touts les hommes & dans le même homme en différents temps, en raiſon de la différence de ſtructure, de contexture, de diſpoſition, de liaiſon, & de relation, qui eſt entre les organes. La nature peut avoir diſpoſé tout le ſyſtême organique d'un individu, de maniere qu'un certain ordre de ſenſations l'affecte plus que tout autre, ſoit en totalité, ſoit en partie : tantôt un objet, frappant à la fois tous les reſſorts, met en mouvement le ſyſtême entier : tantôt un ſeul organe, plus délicat, plus ſenſible, eſt agité fortement ; tandis que touts les autres plus groſſiers ſont en repos. La nature peut auſſi diſpoſer la machine entiere, deſorte que les impreſſions des corps extérieurs aient ſur toutes ſes parties un effet à peu près égal.

Les affections de l'ame & celles des organes ſont correſpondantes entre elles, ſemblables, ſimultanées ; on peut affirmer à l'égard des unes ce qui eſt véritable à l'égard des autres. Quant à l'ame elle même, nous ignorons ſi elle eſt égale ou différente dans les individus de l'eſpece humaine ; ſi elle eſt plus ou moins capable de ſaiſir telles ou telles idées, de les unir, de les ſéparer : mais dans l'un & l'autre cas les effets généraux de la machine reſtent les mêmes.

SECTION II.

Des penchants.

TOUTES les affections de l'ame sont plus ou moins accompagnées de plaisir ou de douleur. Dès qu'elle perçoit une idée, ou, si l'on veut, une progression de sensations & d'idées; soit que les nerfs appropriés à sa production l'occasionnent, en obéissant à l'impulsion des objets présents; ou qu'elle y soit simplement rappellée par l'entrelacement & le jeu d'autres nerfs, ou par la seule énergie de l'âme; nous desirons d'en jouir toujours, si elle nous flatte, & d'en être à l'instant délivrés, si elle nous déplaît: c'est le voeu constant des êtres sensibles; c'est leur suprême loi; quels que soient l'essence, le lieu, & l'action de la cause principale, qui fait naître ou rappelle dans l'entendement les idées que l'ame compare, & qui déterminent son jugement & sa volonté.

La disposition totale de l'ame, des esprits, des fibres, des nerfs, de touts les organes d'un individu constituent son essence, & le distinguent de tout autre. Lorsque la nature a disposé touts les ressorts d'un animal de maniere qu'un certain ordre de sensations ou d'idées l'affecte agréablement; *cette maniere d'être, cette disposition totale & permanente, ce penchant* qui constitue son essence, l'entraînera toujours vers l'objet que la nature lui a rendu le plus flatteur & le plus convenable. C'est à ce genre d'état, qu'on peut appliquer avec vérité ce qu'a dit un poëte philosophe :

Naturam expellas furcâ, tamen usque recurret.
Repoussez la nature, elle revient sans cesse.

Le tigre, ardent, vigoureux, agile, attaque les autres animaux, dévore leurs chairs, est toujours souillé de leur sang; le lievre, foible & timide, fuit au moindre bruit & devient la proie de qui l'attaque. Ce penchant qui a pour cause la constitution générale d'un animal, ou ce qui fait qu'il est de telle espece ; ce penchant, dis-je, est indestructible : car le détruire, ce seroit détruire la constitution générale, régénérer l'ame, les fibres, les nerfs ; dénaturer l'animal, changer l'espece. L'étrange philosophie, que celle qui admettroit les métamorphoses ! Elle seroit opposée à l'expérience comme à la raison : quelques moyens qu'on emploie, on ne change point totalement le caractere des animaux ; un lievre féroce & un tigre doux seront toujours des êtres imaginaires.

Ce raisonnement a la même force à l'égard des individus : ils ont des penchants qui sont un effet de leur constitution totale, c'est-à-dire, de ce qui les rend différents de tout autre individu de même espece : pour détruire l'effet, il faut détruire la cause ; c'est-à-dire, métamorphoser un individu, le changer en un autre. Examinons dans les hommes les principaux penchants de ce genre, ces penchants qui constituent le caractere de chacun d'eux; & nous trouverons autant de preuves de cette vérité qu'il y a d'hommes sur la terre. Dans tout le cours de sa vie, chacun n'est-il pas en général ce qu'il a été durant son enfance? Vit-on jamais un enfant cruel & colere être un vieillard doux & patient; un homme superbe devenir modeste; un envieux goûter la joie qu'inspirent à une ame heureusement née le bonheur & les succès de ceux qui les méritent? Non, tout penchant de ce genre est comme un besoin naturel, comme la faim, la soif, qui reviennent sans cesse. La soif des honneurs, celle des richesses, ne laissent aucun repos: l'indolence, la langueur, enchaînent plus ou moins ceux qu'elles accablent: le desir immodéré de la jouissance, ce desir qui produit le vol, tient sans relâche en sollicitude: le penchant à la fourberie, à la haine, à l'humeur, à la brutalité, à ſa cruauté; ſe penchant aux vertus qui ſont les contraires de ces vices; & tout autre de cette nature, lorſqu'il eſt un effet de la diſpoſition & de l'aſſemblage de toutes les parties de la machine, ne ſont détruits que par la mort. J'en appelle au jugement de touts les hommes; qu'ils reviennent ſur leurs pas, & qu'ils veuillent examiner ſi les penchants qui conſtituent en eux ce qu'on nomme le fond du caractere, ne les dominent pas depuis leur enfance.

Dès le berceau, pour ainſi dire, il fut poſſible d'entrevoir Titus, l'exemple des princes : dès ce temps on put eſpérer qu'il auroit toutes les vertus accompagnées de toutes leurs graces; qu'il ſeroit cet empereur, l'amour & les délices de Rome; qui ne renverroit jamais un homme mécontent & ſans eſpérance; qui ſupporteroit lui ſeul les pertes publiques, & pour les réparer donneroit ſes biens; qui jureroit de périr plutôt que de perdre un homme; qui, découvrant des conſpirateurs, leur feroit dire ſeulement de ne pas rechercher l'empire, parce que c'eſt la deſtinée qui le donne; & les faiſant aſſeoir près de lui dans les jeux publics, leur feroit part des honneurs dûs à l'empereur; qui diroit à ſon peuple, *amis, j'ai perdu un jour*; enfin à qui l'inſtant de ſa mort ſeroit moins funeſte qu'à la moitié de la terre.

Lorſque le jeune Caligula jouoit à Caprée le rôle d'eſclave, ſa profonde diſſimulation ne pouvoit cacher ſa cruauté. La débauche faiſoit ſes plaiſirs; les arts frivoles, ſon occupation; les ſupplices des criminels étoient pour lui un doux ſpectacle : ſon caractere féroce effrayoit Tibere même, & annonçoit ce monſtre ennemi de l'humanité, violateur de toutes les lois, ſouillé de touts les crimes, meurtrier de ſes ſujets, raviſſeur de leurs biens; qui diſoit d'eux, *qu'ils me haïſſent, pourvu qu'ils me craignent*; qui vouloit que les citoyens qu'il faiſoit périr, éprouvaſſent une mort douloureuſe & lente; qui rioit à ſes repas, en penſant qu'il étoit maître de faire égorger ſes convives; qui ſe plaignoit que ſous ſon regne il n'arrivoit ni peſte, ni famine, ni incendie, ni tremblement de terre; qui deſiroit que le peuple romain n'eût qu'une tête, pour l'abattre d'un ſeul coup (*b*).

N'eſpérons point d'anéantir ces penchants, qui ſont un effet de la conſtitution naturelle, de la diſpoſition générale, de la relation & de l'action réciproque & totale de l'ame & de ſes organes. On objecteroit vainement que certaines maladies violentes ſemblent changer tout l'individu, que la fievre fait un fou du plus ſage, que la rage donne au plus doux animal la férocité du tigre, que certaines ſubſtances priſes intérieurement donnent une eſpece de déraiſon ou de phrénéſie : ces déſordres ſont paſſagers; la folie n'eſt elle-même qu'un déſordre accidentel & partiel; &

(*b*) Sueton. 1644. *in*-12. è typog. reg. p. 485. § 3. lin. 1 & ſeq. p. 90 & ſeq. p. 149. § 10 & 11. p. 260. § 22 & ſeq.

si l'on considere avec attention les individus attaqués de ces maladies, on appercevra dans leur délire même le fond de leur caractere.

Mais peut-on détruire un penchant dont la disposition particuliere d'un seul organe est la cause? La nature qui a produit cette disposition particuliere & non essentielle, peut sans doute la détruire, & avec elle le penchant qui en est l'effet. Elle opere quelquefois des changements de ce genre : il y a des maladies qui, privant de la mémoire, ou l'affoiblissant à l'excès, détruisent les penchants que cette faculté peut entretenir, tels que ceux qui nous entraînent à lire, à étudier, à connoître. Un homme fait ses délices du séjour de la campagne; il y jouit avec transport du spectacle magnifique, & des grandes pensées dont la nature remplit son ame : qu'un vice naturel, qu'un accident rende sa vue foible; ces enchaînements d'idées flatteuses, ces modifications de l'ame qui le charmoient, s'évanouissent;

il abandonne, il fuit ce qu'il ne pouvoit quitter : si quelquefois encore il se rappelle ses plaisirs; d'autres affections & le temps détruisent en lui l'idée des objets qu'il a chéris; de même que celle des charmes qui nous avoient enchantés, est détruite par l'absence. Il en est ainsi de l'homme en qui l'harmonie agite les fibres les plus intimes : pour l'y rendre insensible, il suffit d'un changement léger dans les nerfs de l'ouie.

Ainsi le vice d'un organe peut affoiblir & détruire le penchant que nous donne sa constitution ; ainsi le temps qui altere & consume lentement nos ressorts, change souvent nos goûts durant le cours de notre vie. Ce que nous chérissions, lorsque nous étions enfants, nous le méprisons dans l'adolescence ; & nous abandonnons dans la vieillesse ce qui nous flattoit dans l'âge mûr. Mais ces travaux de la nature sont au dessus de nos connoissances ; toute la pénétration & tout l'art des hommes ne peuvent ni les découvrir ni les imiter : il est possible d'affoiblir ces especes de penchants, & non pas de les détruire.

Une pente naturelle nous porte à l'imitation : si nous voyons un homme qui éprouve un sentiment vif ; s'il nous en instruit par un geste, un cri, une de ces expressions qui sont du langage commun à touts les animaux ; nos organes, ébranlés à peu près comme les siens, communiquent à notre ame le sentiment qu'il éprouve. A l'instant elle réagit d'une maniere semblable à celle qu'elle apperçoit dans l'objet dont elle prend l'idée, la maniere d'être. Telles que les corps qui frémissent & rendent un son, lorsqu'on en fait rèsonner un autre qui est avec eux en proportion harmonique ; toutes nos fibres sont tendues & agitées comme l'objet ; nous nous identifions avec lui, pour ainsi dire : sentiment, situation, attitude, douleur, ou plaisir, nous partageons tout avec lui.

Nous appercevons facilement ces grands mouvements de nos organes ; mais ceux que l'ame ou les objets leur imprîment communément & par une action continue, nous étant imperceptibles, nous ne ſentons pas que notre machine agit ſuivant les mêmes lois ; nous leur obéiſſons méchaniquement ſans le ſavoir & ſans le vouloir. Ce penchant à l'imitation en fait naître plusieurs autres que la nature n'a point produits. Le pouvoir de l'habitude eſt connu par touts les hommes : les mêmes circonſtances répétées, l'exemple réitéré, l'uſage fréquent des mêmes actions, donnent à l'ame & aux organes une diſpoſition qui leur rend certains mouvements plus faciles, certaines modifications plus agréables : nous imitons malgré nous ceux avec qui nous vivons; nous prenons inſenſiblement leurs airs, leurs geſtes, leurs tons, leurs manieres de penſer, d'agir, d'analyſer & d'exprimer leurs penſées; & les hommes deviennent ainſi d'autant plus ſemblables entre eux, que leur commerce eſt plus fréquent & plus familier. C'eſt par là que d'un pôle à l'autre chaque

famille,

famille, chaque société, chaque ordre de citoyens a ses mœurs particulieres; chaque peuple, ses mœurs générales; & que la plus petite différence qui soit entre les mœurs de deux peuples, se trouve entre les habitants de leurs provinces limitrophes. C'est par là que l'homme à qui la nature a donné une disposition à peu près égale pour touts les arts, n'est devenu peintre ou sculpteur, que parce qu'enfermé dès l'enfance dans un attelier, il a toujours eu sous les yeux des ciseaux ou des couleurs; que tel autre, né presqu'indifférent au vice & à la vertu, doit la plupart de ses penchants aux discours & à l'exemple de ceux qui le guiderent dès son plus jeune âge; qu'un enfant devient grossier avec des enfants grossiers, & prend en peu de temps les défauts de ses compagnons; que la force de l'exemple peut même dépraver en lui un heureux naturel, & lui faire contracter des inclinations vicieuses : de touts les enfans que j'ai vu exposer à ces dangers, à peine un ſeul en eſt échappé.

Les mêmes cauſes par qui ſont produites ces eſpeces d'inclinations, les circonſtances, l'exemple, un fréquent uſage, nous donnent d'autres habitudes d'autant plus dangereuſes, qu'elles peuvent obſcurcir toutes nos lumieres. » L'eſ-» prit humain unit tellement quelques-» unes de ſes idées, qu'il n'eſt plus en » ſon pouvoir de les ſéparer à ſa volonté : » l'une d'elles ne vient pas plutôt dans » l'entendement, que ſon aſſociée pa-» roît avec elle : & s'il y en a plus de » deux qui ſoient unies de la ſorte ; la » ſuite entiere, toujours inſéparable, » ſe montre à la fois (*c*). «

La préſence de ces idées cauſe à notre ame un ébranlement agréable ou douloureux, qui, ſe communiquant à nos fibres, nous porte à deſirer ou à fuir l'objet qui peut leur cauſer une agitation ſemblable, mais beaucoup plus vive.

(c) Lock. on hum. underſtand. B. II. C. 33.

De cette union fortuite, & ſouvent abſurde, opérée, ou du moins favoriſée par l'entrelacement & le mouvement répété des mêmes fibres, naiſſent les préjugés, les contradictions, les jugements faux, les opinions inſenſées, touts les maux des hommes. Ils joignent les idées de crainte, de reſpect, de vénération, de ſouveraine perfection, à celle d'un élément, d'une plante, d'un taureau, d'un homme; & c'eſt là le fondement de tant de cultes monſtrueux. Ils uniſſent l'idée générale de loi à celle d'éternelle vérité & d'aveugle ſoumiſſion; & c'eſt par là que des coutumes dangereuſes, des lois injuſtes, impoſées par des tyrans à des barbares, ſubſiſtent long-temps après dans les âges éclairés, & qu'on ne cherche pas celles qui ſeroient convenables à la nature de l'homme, tandis qu'il n'y a pas ſur la terre un ſeul état qui n'en ait quelques-unes de contradictoires à la loi naturelle. Cependant cette loi ſainte eſt ſupérieure aux lois faites par les hommes, autant que la raison éternelle est supérieure à la raison humaine; & toute loi contraire à celle de la nature est erronée, dangereuse à l'homme, opposée à son bonheur. On doit respecter les lois positives comme volonté nationale, comme article du pacte social; on ne peut pas les enfreindre sans blesser la société, sans perdre son estime & sa bienveillance : mais on mériteroit cette même peine, si on les adoroit en aveugle; on doit être à leur égard tel qu'un homme d'état qui, fidele à sa patrie, & prêt à se conformer à l'avis du souverain, le discute en sa présence.

La même espece d'erreur a fixé long-temps les bornes de nos progrès: parce qu'on avoit joint au nom d'Aristote les idées de parfait, de savant par excellence; on enseigna durant plusieurs siecles les erreurs de ce philosophe; on révéra sa doctrine avec fanatisme; on la regarda comme divine; & Descartes, qui, le premier, brisa les liens de ces idées discordantes, fut traité de sacrilege. L'énumération des malheurs causés par cette fatale union rempliroit plusieurs volumes : comment une si foible source a-t-elle produit cette mer de superstitions & de folies politiques & religieuses qui ont submergé la terre ? Nous sommes portés à croire que les causes des idées qui existent ensemble dans notre entendement sont unies dans la nature ; & soit aveugle intérêt, soit paresse, nous donnons notre assentiment à cette union sans l'examiner. L'ancienneté de l'opinion nous y affermit ; le grand nombre de ceux qui l'ont adoptée nous la rend plus respectable ; à ces causes d'illusion l'amour-propre joint son éloquence, & lui-même s'abusant par de puériles flatteries, subit le joug de l'habitude la plus opposée à la raison. Il rassemble de toutes parts des idées flatteuses : maître absolu de la volonté, il l'oblige à consentir à leur union ; soit qu'il ait pris plaisir à la former, ou qu'elle soit l'ouvrage du hasard ou de l'exemple. C'est ainsi que retenant l'ame en des enchaînements d'états agréables, il entretient une infinité de petits penchants, dont le plus général est celui qui nous porte à la vanité. Au moment de la production, notre esprit est toujours content : ce sentiment est juste & nous vient de la nature, qui nous destinant à l'action a voulu nous y inciter par cette espece de récompense. Nous perfectionnons notre ouvrage autant qu'il nous est possible, parce qu'il nous flatte actuellement ou que nous le regardons comme une cause de plaisirs futurs; nous y employons toutes les connoissances, toutes les lumieres qui sont en nous; dans le moment présent nous ne voyons rien au delà, rien de plus parfait, rien de plus convenable aux circonstances : tout concourt à nous séduire, à joindre dans l'entendement l'idée de *moi* & celle de perfection. L'amour-propre enchanté les saisit avec transport, & chaque instant, pour ainsi dire, lui offre une occasion de les cimenter. Il y réussit tellement, que dans nos actions les plus frivoles ces deux idées nous sont présentes; & ce qu'il y a de plus dangereux, c'est que sans étude & sans expérience nous nous croyons capables des plus grandes.

Mais ce n'est point assés pour lui, que les idées de moi & de perfection soient toujours présentes à notre ame; il veut encore les voir associées dans l'esprit de nos semblables; il les y veut comme signes de notre perfection & de leur bienveillance : tout ce qui tend à dissiper cette illusion lui paroît fâcheux, offensant, injuste.

En se nourrissant ainsi de mensonge & de fiction, il entretient le penchant à la flatterie. Ce vice par qui la Fortune est toujours sollicitée; par qui des nations entieres sont rendues malheureuses; par qui l'ame vile du dernier des hommes s'emparant de l'ame vaine d'un homme puissant, devient chéri d'un seul, & se rendant avec lui formidable à touts, le précipite souvent du faîte de la grandeur : ce vice qui devroit être l'horreur de l'humanité, comme il en est le poison le plus subtil & le plus cruel, est le plus commun parmi les hommes. Soit que la nonchalance, ou le sentiment secret de notre foiblesse, nous fasse employer ce honteux moyen de servir nos intérêts; le penchant qui nous y entraîne naît de la foiblesse de l'esprit, jointe quelquefois à celle du corps.

Quel sera le remede à ces maux profonds? & comment affoiblir ou détruire en nous des impulsions si cachées? Pour opérer cet effet, pour établir les moyens de perfectionner l'homme, il faut connoître les procédés qu'emploie la nature, pour développer les deux parties qui le composent, l'esprit & le corps.

SECONDE PARTIE.

SECTION PREMIERE.

Du développement de l'esprit & du corps.

L'ESPRIT humain privé de culture est d'une foibleſſe extrême; il ne peut acquérir & conſerver qu'un petit nombre d'idées; celles des objets abſents que le haſard lui rappelle, ſont incertaines & confuſes: ſon entendement, trop foible pour embraſſer les détails, ne prend & ne conſerve des objets qu'une idée très *générale*; je veux dire qu'il perçoit ſimplement & en général l'idée d'un objet, & non pas les idées diſtinctes de touts les détails que cet objet renferme. Cette maniere de percevoir les objets eſt en nous eſſentiellement : elle y eſt d'autant plus ſenſible, que notre entendement eſt moins cultivé : nous ne parvenons à diſtinguer les détails que par le travail & l'étude.

Pour nous convaincre de l'exiſtence de cette propriété de l'eſprit humain, conſidérons les ſenſations que nous devons à la vue, qui eſt le ſens le plus actif, le plus étendu, le ſeul capable de réunir une grande quantité d'objets dans une ſeule idée, le ſeul dont la réaction de l'âme reproduiſe les effets avec une certaine vivacité, & à touts ces égards le plus propre à nous fournir des preuves claires.

Lorſque nous regardons un objet; nous ne ſommes frappés que de l'enſemble de ſes parties principales, c'eſt-à-dire, des rapports généraux de forme, de grandeur, & de poſition, qui ſont entre ces parties : tout ce que l'idée que nous acquérons, renferme de ſenſible & de reſſemblant à l'objet même, eſt cet enſemble des parties principales &

rien de plus. Lorſqu'un homme regarde une plante; un roſier, par exemple; il voit quelques tiges rondes & épineuſes, qui s'élevent de terre à peu de hauteur ſe recourbent enſuite, portent des feuilles ovales d'un verd foncé, & des fleurs à pluſieurs feuilles de couleur roſe. Il n'apperçoit que ces détails; touts les autres ſont nuls pour lui : ainſi l'idée qu'il prend de cet arbuſte qu'il a ſous les yeux, eſt très *générale*; mais l'idée qu'il en conſerve, & la ſeule qu'il puiſſe en avoir, dès qu'il perd l'objet de vue, eſt encore plus *générale* : quelle que ſoit la vivacité de ſon imagination; il ne peut jamais reproduire en lui l'idée déterminée ni de la totalité de l'objet ni d'une de ſes parties, telle qu'il l'avoit, quand l'objet même étoit préſent. Ainſi l'idée qu'il conſerve de cet objet, n'ayant point de limites, s'étend, ſe reſſerre, s'adapte, pour ainſi dire, & convient à l'idée qu'il prend en voyant un objet de même eſpece; comme un fluide qui n'a point de figure déterminée, prend celle du vaisseau qui le contient. Lorsqu'il revoit un rosier; les petits détails qui lui ont échappé dans le premier cas, lui échappent également dans ce dernier; la différence des deux arbustes, qui consiste dans ces détails, est nulle pour lui; la vue du second rosier réveille en lui l'idée *générale* du premier, qu'il a conservée, & la détermine à l'égard de l'ensemble des parties principales; il pense nécessairement que l'idée qu'il a prise de l'un, & celle qu'il reçoit de l'autre, sont exactement les mêmes.

Suivons attentivement les procédés de l'art de peindre, celui de touts les arts qui exige les connoissances les plus détaillées. Lorsque nous dessinons un objet présent ou absent, nous ne faisons que copier l'idée que nous en consevrons. Si l'homme appercevoit sans peine, &, pour ainsi dire, au premier coup d'œil, les plus petites parties des objets, qu'il en prît une idée très-distincte, & qu'il la conservât; il en traceroit une image très fidele, avec autant de facilité que l'on calque un dessein : mais à l'épreuve c'est tout le contraire ; tout homme qui n'a pas fait une longue étude de l'art du dessein, ne peut représenter un objet, quel qu'il soit, que d'une maniere grossiere & méconnoissable : s'il veut figurer un cheval ; il trace une tête monstrueuse, une espece de corps informe, soutenu par quatre lignes droites ; & toute la figure nous rappelle, non pas l'idée particuliere que nous avons d'un cheval, mais l'idée *générale* que nous avons d'un animal à quatre pieds. Plus l'objet est composé, plus le copiste inhabile trouve de difficultés : s'il veut dessiner un arbre, il fait une figure tout à fait informe, & qu'il est presque impossible de reconnoître.

Cette loi de nature est universelle. Parcourons les pays où les beaux arts sont connus ; les essais que l'on en fait, sont partout de simples ébauches ; le temps seul & le travail les conduisent à la perfection : partout, celui qui dessine, fût-il Phidias ou Michel-Ange, Apelles ou Raphaël, est obligé d'en tracer l'ensemble général, & ne peut en rechercher les détails, que lorsqu'il a déterminé les rapports des grandes parties: partout, celui qui revoit un objet, le reconnoît d'après les traits généraux dont il a conservé le souvenir: il reconnoît un homme sur un portrait dont l'artiste a manqué touts les détails, si l'ensemble général s'y trouve; parce que la copie ressemble, non pas à l'original, mais à l'idée *générale* que le spectateur en a conservée. Si les peintres & les sculpteurs, qui sont les hommes les plus exercés à voir, à étudier les objets, ne peuvent en acquérir que des idées très générales; il est certain que touts les autres, qui n'y jettent, pour ainsi dire, qu'un coup d'œil, n'en prennent que des idées *extrêmement générales*.

Telles étoient au plus haut degré les idées des hommes, qui faisant le premier pas dans la voie des connoissances, jetterent les fondements des langues. Dans ces commencements où l'uſage des mots ne pouvoit pas être fixé, l'analogie étoit inconnue, les mots étoient irréguliers dans leurs déclinaiſons, & de plus monoſyllabes. Telles furent alors ſans doute, & ſont encore dans tous les idiômes, les mots eſſentiels & de premiere néceſſité. Les pronoms, & touts les adjectifs compris ordinairement ſous cette dénomination, ſont irréguliers dans nos langues d'Europe & dans preſque toutes celles d'Orient : le verbe *être* l'eſt dans toutes les langues qui déclinent cette eſpece de mot : les verbes *pouvoir*, *vouloir*, *aller*, *dire*, *dormir*, *vivre*, *mourir*, & pluſieurs autres ſemblables ; les adjectifs qui expriment les qualités les plus familieres, comme *bon*, *mauvais*, *grand*, *petit*, ſont irréguliers dans preſque toutes les langues : les prépoſitions, les conjonctions, les particules affirmatives, & les négatives, y ſont monoſyllabes : les noms des éléments le ſont auſſi, ſurtout ceux de l'eau & de la terre (*d*). Il en eſt ainſi du nom général de fruit, d'aliment, de demeure, & de pluſieurs autres (*e*) : mais touts ces mots qui ont

---

(*d*) En françois, *eau*; ſued. *å*; ſax. *æa*; goth. *aha*; arab. *ahha*; perſ. turc, arab. mogol, æthiop. *ab*; eſclavon. finland. goth. *wad*; (d'où en anglois, *water*, en allemand, *waſſer*; iſland. *ag*; hébreu, *aig*, (fontaine); provençal, *aig*; gaulois, *aigue*; chin. *iv*; jargon des payſans des environs de Rennes en Bretagne, *eve*; illin. *ak*; groenland, *aka*, (riviere); eſpagn. *agua*; ital. lat. *aqua*; chin. *haï*, (mer); malay. æthiop. *ayer*, (mer); gallois, irland. ſiam. *am*.

François, *terre*; ital. *terra*; gall. *tyr*; celtiq. baſq. etruſq. *ar*; armen. *ard*; arab. *ardi*; gothiq. *art*; holland. *aert*; angl. & ſax. *earth*; latin, *area*, *arvum*, *ager*; allem. *acker*; franç. *acre*; hebr. *aretz*; hebr. irland. malay, celtiq. *ar*, (pierre, rocher); grec, *gê*.

Franç. *feu*; phryg. egypt. grec, *pur*; langues du Nord, *fire*; en pluſieurs autres, *bar*, *tan*, *es*, *aes*, *tes*, *te*.

(*e*) Dans pluſieurs langues, *ſol*, la matiere ſur quoi l'on marche; *haï*, forêt; *gin*, *ge*,

été de premiere nécessité, expriment des idées *générales*. Si on examine les langues dans cette vue, on y trouve à chaque pas des preuves semblables : dans tout le Nord le nom générique d'arbre a précédé les noms de chaque espece; on y dit, *un arbre à pommes*, *un arbre à poires*; mais ce que j'en ai dit est suffisant à mon objet. Quelques auteurs ont pensé que l'homme, en se formant une langue, a remonté des idées individuelles aux générales; c'est-à-dire, qu'il a procédé comme un naturaliste, qui arrangeant un systême,

---

production; *i*, île; *mar*, *mor*, mer; *teth*, élévation; *hoch*, haut, *bas*, bas; *ra*, *re*, *ri*, *ro*, *ru*, eau courante; *ro*, *ru*, *rod*, *red*, *ruber*, rouge; *car*, *gær*, *kæn*, chair, fruit, aliment; *caz*, habitation; *ham*, *hem*, *hom*, *chom*, *com*, demeure, &c. Ces deux derniers mots viennent d'une idée encore plus *générale*,, qui est celle d'union : on peut observer aussi que *ham* signifioit & l'habitation & les habitants : il en étoit ainsi de *men* & de *man*, d'où vient le mot latin *manere*.

ne peut nommer chaque espece & chaque genre, qu'après avoir examiné la plupart des individus compris dans le regne qu'il veut ordonner. De cette supposition ils ont déduit que les premiers noms ont tours été des noms propres; mais dans toutes les langues que nous connoissons, mortes ou vivantes, touts les noms propres sont composés de noms appellatifs; touts les mots, (que dis-je?) toutes les syllabes qui entrent dans chaque mot, représentent des idées plus ou moins *générales*; mais la collection d'idées que représente un nom propre, est plus composée que celle que représente un nom commun: ainsi le systême de ces auteurs mene à dire que l'homme réduit au plus bas degré de sa nature passa du composé au simple; que sans art & sans exercice il saisit subtilement de petites différences, & ne vit pas les rapports, plus grands, plus frappants que les différences; enfin que sa maniere de percevoir les idées étoit contraire à la nôtre.

On s'abuſe en s'autoriſant de l'exemple des naturaliſtes ; leurs procédés ſont tout à fait ſemblables à ceux que je viens d'expoſer ; Tournefort avoit l'idée *générale* de ſon ſyſtême, lorſqu'il en étudioit les détails ; & l'idée de la gravitation univerſelle étoit dans l'eſprit de Newton, avant qu'il en calculât les loix.

Ceux qui ont examiné cette matiere, ont porté leurs vues ſur les procédés particuliers de quelques enfants, que des eſprits déja cultivés conduiſent à leur fantaiſie. Ils ont analyſé l'homme avec ſagacité ; ils en ont fait naître ſucceſſivement les facultés intellectuelles : mais ces abſtractions n'exiſtent que dans l'entendement. Pour appercevoir dans tout ſon jour l'objet dont il eſt queſtion, il faut conſidérer l'eſprit humain formant ſes idées par ſa propre force d'après la nature entiere ; voyant & nommant les choſes, non par leur eſſence, non par ce qui conſtitue leur individualité, mais par des propriétés qui ſont communes à plusieurs; & embrassant d'une seule vue une multitude infinie d'objets, avant de l'analyser. Les grandes divisions de la nature fixent ses premiers regards; les éléments, qui n'ont point de figure qui leur soit propre, & par-là sont plus analogues à l'indétermination de ses idées, deviennent les premiers objets de son attention. Il apperçoit bientôt les trois regnes, si distincts entre eux, les animaux, les plantes, les pierres: il voit pour la premiere fois une forêt comme un seul objet, & non pas comme une collection d'arbres; de même que les vaisseaux espagnols parurent aux Américains être de grands oiseaux; & les cavaliers, des monstres: il voit un arbre en totalité, avant d'arrêter sa vue sur les feuilles & les fruits. A ces idées *générales* succedent celles qui le sont moins: suivant le degré de force & de connoissance que son entendement acquiert, il passe du simple au composé, du général aux détails. Eh! comment suivre une autre voie? La cauſe de ces effets eſt dans nos organes: l'ame reçoit, non pas l'image de l'objet, telle qu'elle eſt peinte ſur la rétine, mais ſeulement l'impreſſion cauſée par le mouvement que les rayons de lumiere communiquent aux fibres optiques; & ces rayons qui vont peindre au fond de l'œil chaque partie de l'objet, n'y font pas touts la même impreſſion: de même que l'image, nette en un ſeul point, devient de plus en plus confuſe vers les bords; l'impreſſion, vive en un ſeul point, s'affoiblit, à meſure qu'elle s'en éloigne. Il en eſt ainſi de nos autres ſens; l'oreille d'un ſauvage eſt bleſſée par notre muſique; un aveugle s'habitue à diſtinguer par le tact les tiſſus propres à réfléchir les rayons différemment colorés: nous ne ſommes point formés pour connoître intimement les ſubſtances, mais ſeulement pour en obſerver les effets généraux & les employer à notre uſage.

L'homme ne ſaiſit donc au premier coup d'œil que l'enſemble général des objets, & ne parvient à la connoiſſance des détails que par une longue étude. Cette propriété eſt le fondement d'une partie eſſentielle de ce qui, relativement à nous, eſt beauté, & de ce principe éprouvé dans touts les arts & toutes les ſciences; qu'un compoſiteur, quel qu'il ſoit, ne réuſſit pas, s'il ne fait le plan général de ſon ouvrage; qu'il n'atteint point aux beautés qui nous raviſſent, s'il ne ſupprime les détails qui ne contribuent en rien à décider les formes, & ne donne à chaque partie de ſon ouvrage toute la grandeur qu'elle peut comporter. Delà, dans toute fable peinte ou écrite, la néceſſité d'un ſujet unique; dans l'hiſtoire, la néceſſité des vues générales & l'intolérable ennui des détails; dans les ſciences, la néceſſité des méthodes générales. Delà les difficultés des définitions pour les eſprits les plus cultivés; la peine qu'éprouvent les hommes qui parlent rarement, lorſqu'ils ſont obligés d'énoncer leurs penſées, c'eſt-à-dire, de les analyſer, de les détailler; les idées très incompletes de la plupart des hommes; l'inconſtance des enfants, & de touts ceux dont l'eſprit inculte eſt dans une eſpece d'enfance; qui paſſent rapidement d'objet en objet, parce qu'ils voient la totalité des objets, comme un eſprit exercé voit les détails d'un ſeul.

Outre une infinité d'autres effets, les degrés extrêmes de force dont nos eſprits ſont capables peuvent ſe déduire de la même cauſe: le plus fort comprend ſous l'idée la plus *générale*, le plus grand nombre d'idées particulieres; c'eſt le cas des Bacon, des Newton, des Deſcartes, des Leibnitz, des Loke: le plus foible ne peut raſſembler ſes idées de détail ſous la compréhenſion de ſes idées *générales*; c'eſt le cas des enfants & des vieillards.

SECTION II.

Des moyens d'aider & diriger la nature dans le développement de l'eſprit & du corps humain.

IL en eſt des forces de l'eſprit & du corps, comme des autres puiſſances de la nature; l'art les ayant découvertes, les emploie à ſon uſage; & plus elles ſont grandes, plus leurs effets ſont grands & certains. Il y a donc une liaiſon néceſſaire & une dépendance mutuelle entre les moyens de rectifier les penchants, & ceux de rendre le corps & l'eſprit de chaque individu auſſi forts que ſa nature le permet. Je dois faire obſerver que par cette dénomination, *forces de l'eſprit*, j'entends la ſolidité, la netteté, la ſûreté du jugement, & non pas les qualités agréables qui font ce qu'on nomme le bel eſprit, & qui ſont

ſont au jugement ce que la décoration eſt à l'édifice : je dois encore prévenir que tout ce que j'ai dit & ce que je vais dire, ne concerne pas plus un ſexe, un état, un ordre de citoyens, un peuple, qu'un autre ; je parle pour l'humanité.

L'homme naît foible d'eſprit & de corps : il naît capable de mouvement & d'idées ; mais ce n'eſt encore en lui qu'une ſimple diſpoſition qui doit ſe développer. Si juſqu'à douze ans ou tout autre âge un enfant reſtoit en des langes qui le tinſſent immobile ; ſon corps ſeroit auſſi foible qu'au moment de ſa naiſſance ; il ne pourroit faire un pas ſans appui, un mouvement ſans douleur : l'uſage de ſes membres lui ſeroit inſupportable. Si juſques vers le même âge un enfant avoit vécu hors de toute ſociété humaine ; ſa faculté de raiſonner ne trouvant aucune cauſe de développement, ſeroit d'une foibleſſe extrême : quelques enfants abandonnés, qu'on a rencontrés en des forêts, ſe traînoient ſur les pieds & les mains à l'imitation des bêtes, & n'avoient pas plus de raiſonnement qu'elles ; toutes leurs facultés étoient comme en léthargie; leur imagination étoit ſans force; leur mémoire, très bornée; leur jugement, preſque nul : ils s'habituerent difficilement à marcher ſur les deux pieds; & l'un d'eux deſiroit ſouvent de retourner dans les bois, tant l'uſage de ſa raiſon lui étoit pénible.

Ainſi le corps & l'eſprit laiſſés dans l'inaction ne conſervent, pour ainſi dire, que la force d'inertie : le mouvement ſeul les anime, & agit dans ces deux ſubſtances à peu près de la même maniere; un exercice continu les entretient en ſanté, & porte au plus haut degré les forces de l'un & de l'autre; au contraire elles languiſſent, elles meurent dans l'inaction. Les exemples en ſont communs : ſi nous en voulons d'anciens, ouvrons les hiſtoires; voyons ce qu'étoient les Perſes, les Grecs, les Romains, & nos ancêtres. Quelles forces de corps leur donnerent les exercices? Leur négligence dans ce point fut une des causes de leur décadence. Voulons nous des exemples familiers, & qui soient sous nos propres yeux? Considérons nos différents ordres de citoyens : un paysan, qui, faute de moyens & d'occasions de faire un fréquent usage de son esprit, n'exerce guères que son corps, est plus vigoureux qu'un homme né riche, qui n'a jamais eu besoin des travaux du corps. Se servir de lourds outils, manier de pesants fardeaux, supporter le chaud & le froid, sont faciles pour l'un, pénibles pour l'autre : mais celui-ci ayant exercé davantage son esprit, sait mieux combiner ses actions, en prévoir les suites, connoître les hommes avec qui il traite, pénétrer leurs vues, leurs desseins, les persuader, les conduire, exercer les arts, cultiver les sciences, faire enfin tout ce dont l'heureux succès dépend des forces de l'esprit.

Ces deux parties de l'homme, l'esprit & le corps, doivent être conſervées dans un parfait équilibre, de ſorte que leurs fonctions ſoient également faciles : ſi l'une domine, l'autre foiblit, le tout eſt plus imparfait. Il le devient d'autant plus, que nous préférons d'employer nos organes les plus forts, parce que l'uſage en eſt moins pénible. Rien n'eſt plus capable de nous détourner des exercices de l'eſprit que ceux du corps, & réciproquement : nous voyons les payſans, le bas peuple, les militaires, n'exercer guères que leur corps ; & les hommes de cabinet, ardents à l'étude, répugner aux travaux corporels. Il faut éviter ces deux excès, qui ſont également oppoſés au plus grand bonheur de l'homme. Quoiqu'il exiſte entre les exercices du corps & ceux de l'eſprit une proportion néceſſaire à chaque individu, on ne peut pas en aſſigner une qui ſoit commune à touts ; car cette proportion dépend de la conſtitution totale de chaque homme, qui dans touts eſt différente. Il faut donc recourir à l'expérience, moyen facile & certain de nous instruire à cet égard; elle a instruit de grands hommes dans toutes les nations; les plus grands rois & les plus grands capitaines ont cultivé leur esprit avec autant de soin, qu'ils ont habitué leur corps à soutenir la fatigue : je pourrois citer presque touts les Grecs; mais j'en dirai seulement les principaux, Xénophon, Périclès, Alcibiade, Alexandre; je nommerai dans Rome les Scipions, César, Pompée, & Titus; dans la France Turenne & Condé, dans la Prusse Frédéric II.

Une attention seulement médiocre peut faire garder à peu près le milieuque je propose : mais, s'il falloit choisir l'un ou l'autre côté, ne balançons pas : l'esprit, toujours actif, &, pour ainsi dire, infatigable, a des plaisirs quelquefois moins vifs, mais continus & plus nombreux. De l'autre part, on voit toujours les vices accumulés dans les plus foibles têtes : & c'est dans les temps où celui qui leve le plus pesant fardeau passe pour un héros, qu'on voit se multiplier les brigandages, les assassinats, les vexations, les guerres, les tyrannies; parce que le jugement seul peut mettre une regle aux actions humaines, & que lorsqu'il manque, les penchants vicieux n'ont plus ni frein ni limites. C'est en affoiblissant l'esprit que s'établissent le despotisme & la superstition, opprobre & fléaux des hommes, monstres nés de la corruption & de l'ignorance, comme une peste qui sort de terres incultes & couvertes d'eaux croupissantes. Cependant il y a des hommes qui semblent priser l'ignorance & la foiblesse d'esprit: s'ils sont écrivains, ils défendent une chimere de leur imagination: s'ils occupent un rang élevé, ils veulent des esclaves; veillez, hommes libres.

Voulez vous donner à vos enfants le plus grand des biens? Fortifiez leur jugement; & pour établir ce grand ouvrage sur un fondement solide, gardez vous d'ébranler leur ame & leur corps par le vil sentiment de la crainte: il rend le jugement incapable de ſes fonctions, & l'on ne peut en attendre que des fonctions purement animales. Dès l'inſtant de leur naiſſance délivrez leur corps de toute gêne : ne ſavez vous pas que l'eſprit & le corps intimement unis ſont dépendants l'un de l'autre ? Si l'un eſt dans la contrainte ; l'autre eſt tout entier à ſon inquiétude, & le jugement accablé ne s'exerce point, languit, devient foible. Tant que notre ame éprouve une ſenſation douloureuſe, eſt elle capable d'autre occupation ? Chaque homme n'eſt que trop inſtruit ſur ce point par ſon expérience. Au contraire, laiſſez vos enfants dans la plus grande liberté de corps ; l'eſprit va devenir libre ; & dans les progrès de l'un & de l'autre, vous allez reconnoître l'ouvrage de la nature : ici j'ai pour moi la raiſon, j'ai le témoignage de mes propres yeux, & j'en appelle à l'expérience. En la faiſant, vous ne riſquez rien à l'égard du corps ; des peuples entiers l'ont faite ; & vous gagnerez beaucoup à l'égard de l'intelligence; ſur-tout, ſi vous continuez de la développer d'une maniere conforme aux lois de la nature : c'eſt en employant ſes propres moyens que vous la rendez utile à vos vues.

Plus l'eſprit humain eſt foible, moins il raſſemble de détails; il faut donc proportionner à l'état de l'eſprit qu'on dirige, la généraliſation des idées qu'on lui préſente. Offrez au foible eſprit d'un enfant, ſous la vue la plus ſimple, c'eſt-à-dire, la plus générale, ce que vous voulez lui faire connoître : mais, autant qu'il ſe peut, rendez le lui ſenſible par la préſence de l'objet, ou par ſon image : les abſtractions, plus difficiles à ſaiſir, doivent être réſervées à un degré de nature plus élevé. Ecartez avec ſoin les détails : il n'y a point d'enfant qui puiſſe les ſupporter. En le dirigeant ainſi, vous ſuivrez pas à pas le développement de ſon eſprit; vous verrez le degré de promptitude & de facilité avec lequel il démêlera les différences des choſes, compoſera ſes idées, ſaiſira les idées abſtraites; vous accoutumerez ſon eſprit à ordonner, comparer, juger. Si vous prenez une autre voie; vous l'éloignez de la nature, vous l'induiſez en erreur, vous lui donnez de fauſſes idées, vous lui impoſez la néceſſité de revenir ſur ſes pas pour les rectifier, & vous retardez beaucoup les progrès de ſon jugement.

Dès qu'il aura ſaiſi vos méthodes & vos regles générales; il y rapportera néceſſairement, & par une méchanique dont il ne ſera pas maître, touts les objets qui le frapperont; il n'en verra pas un ſeul ſans plaiſir, ſans intérêt, ſans utilité. Mais en lui préſentant les généralités qui lui conviennent, gardez-vous de le hâter dans leur application; n'allez point exiger de lui une juſteſſe rigoureuſe; penſez uniquement à le guider, à l'aider, à rectifier ſon opération avec bonté; vous la lui ferez aimer, & c'eſt votre but principal; au lieu que vous courez les plus grands dangers de toute eſpece, ſi vous voulez forcer la nature. Lorſque vous faites marcher un enfant pour exercer ſon corps, n'augmentez vous pas par degrés l'étendue qu'il doit parcourir? Et s'il eſt né débile, ſi las de ſon exercice il vous tend les bras, ne le prenez vous pas dans les vôtres? Ayez le même égard pour ſon eſprit; mais n'oubliez jamais que la force de cet eſprit eſt l'objet de l'inſtruction: vous n'y atteindrez pas en le ſurchargeant de mots & n'exerçant que la mémoire. Raiſonnez toujours avec votre éleve, même ſur les ſujets les plus frivoles: ne lui permettez jamais de jugements faux, d'expreſſions exagératives, d'union d'idées diſcordantes; que l'acquiſition des connoiſſances ſoit plutôt lente & tardive: quand le jugement eſt bon, tout eſt bon; n'y eut-il, s'il eſt poſſible, aucune connoiſſance acquiſe.

Lorſqu'un enfant ainſi guidé trouve une ſcience ou un art plus agréable qu'un autre; qu'il ſuive la nature: elle n'a point borné l'eſprit à un genre d'exercice. Tout homme qui a réfléchi profondément ſur ſon art, ſoit politique, poëſie, peinture, agriculture, ou commerce, peut avoir l'eſprit auſſi fort que le plus grand géometre. Ajoutons que la ſcience ne conſiſte pas dans l'eſpece, mais dans l'ordre méthodique & le nombre des idées, & que la tête d'un cultivateur peut être plus ſavante qu'une tête chargée de dates ou de mots latins.

Je pourrois parler ici des moyens de développer les forces du corps dans l'enfance, & de les entretenir dans le reſte de la vie : mais pluſieurs écrivains les ont fait connoître ; & s'ils ne ſont pas mis en pratique, c'eſt faute d'étude ou de jugement. Je ferai ſeulement obſerver cette loi phyſique, par laquelle l'organiſation d'un être produit participe de celle des produiſants. Pluſieurs obſervations d'hiſtoire naturelle nous engagent à penſer que cette loi eſt conſtante, & que les faits qui paroiſſent en être des exceptions, ne ſont qu'un effet de la combinaiſon de certaines cauſes, dont nous pouvons ſouvent diſpoſer. Il eſt du moins certain que cette loi a lieu quant à la grandeur, à la force, & à la beauté du corps : ces objets, fuſſent-ils uniques, méritent l'attention de touts les hommes, & ſur-tout des légiſlateurs & des princes ; nous prenons touts les ſoins néceſſaires pour perfectionner l'eſpece des animaux qui nous ſont utiles ; pourquoi la beauté, la force, l'induſtrie, peut-être toutes les facultés de l'eſpece humaine, ſeroient elles abandonnées aux caprices de la fortune ?

TROISIEME PARTIE.

SECTION PREMIERE.

Des moyens d'affoiblir les penchants ou de les fortifier, de les faire naître ou de les détruire.

Nous ſavons que ſans exercice toutes nos facultés reſtent languiſſantes ; que nous devons à la ſociété le développement de tout ce qui eſt en nous, & qu'il eſt proportionel au degré de raiſon & de connoiſſance que nous y trouvons. L'homme eſt peu par lui même, & tout par les hommes paſſés & préſents : cette vérité eſt la raiſon même de la ſociété, le fondement de la reconnoiſſance qui en eſt le lien ; de la loi naturelle & fondamentale de toute aſſociation politique, laquelle doit aſſurer le bonheur de chacun en le rendant l'affaire de touts ; de l'amour de ſes parents, de ſes compatriotes, des nations les plus voiſines, & de touts les hommes en raiſon de leur degré de proximité. Si Milon eût été ſerré par des liens étroits depuis ſon enfance, il ne ſeroit devenu qu'un homme foible. Deſcartes, Newton, Leibnitz, Galilée, nés parmi certains peuples de l'Amérique, auroient à peine compté juſqu'à trois. Ainſi les organes les mieux conſtitués étant privés de l'action qui leur eſt propre, demeurent foibles comme ils ſont nés : ainſi, en privant l'ame & ſes organes des impreſſions, des mouvements, des manieres d'être, qui peuvent favoriſer, entretenir, fortifier les penchants cauſés par leur diſpoſition totale ou partielle, naturelle ou habituelle, on peut captiver ces penchants, les affoiblir ou les détruire.

Les fibres, dans l'enfance, étant

molles & flexibles, obéissent facilement aux impressions extérieures; & l'esprit encore foible obéit de même à l'action des sens. C'est donc alors que le penchant à l'imitation & l'exemple ont la plus grande force : ils entraînent un enfant par une puissance à laquelle il ne peut pas résister; il ne la sent ni ne la connoît. Ainsi les meilleurs préceptes, les plus sages remontrances, la morale la mieux raisonnée, n'ont aucun effet sur lui sans l'exemple, & sont totalement effacés par celui qui leur est contraire. Ce n'est pas qu'il faille négliger le secours du raisonnement : il est nécessaire de l'employer, pour enseigner de bonne heure à distinguer le bien & le mal, le juste & l'injuste, & leurs suites en général, pour inciter à l'exercice des vertus, pour avertir d'une faute : en user autrement avec un être raisonnable, c'est agir contre sa nature, c'est l'offenser, c'est la révolter. Tout ce qui tient du despotisme répugne à la raison; tout ce qui la représente, plaît à l'homme;

il eſt fait pour elle : en l'employant avec bonté, comme elle même le demande ; il eſt facile & doux de la faire aimer. Agiſſez avec votre éleve comme avec un homme qu'elle doit guider ; ne lui demandez que des actes libres. Ne l'engagez pas à des promeſſes qui ſont preſque toujours vaines, & l'accoutument au mépris de la foi. Les promeſſes ! Souvent elles peſent trop pour les ames les plus fortes, & l'on veut qu'un foible enfant en ſupporte le poids : on veut le dépouiller de toute ſa liberté, le bien que l'homme peut le moins aliéner. Cherchez avec lui le vrai dans toute la droiture de votre cœur & du ſien : ſi vous n'avez jamais joui du plaiſir d'un enfant à qui luit ſoudain une vérité ; vous pourrez le connoître en ſuivant la voie que je vous propoſe ; vous pourrez même être éclairé par celui que vous inſtruiſez ; car ſon eſprit eſt neuf & ſans préjugé. Lorſqu'il ne pourra ni ſentir vos raiſons, ni vous en donner de meilleures ; apprenez lui qu'il doit reſter dans le doute, ſuſpendre ſes actions, & ne donner à la fortune rien de ce dont il eſt maître.

En même temps qu'on éclaire l'ame, il faut guider le méchaniſme du corps, & le préſerver, autant que l'on peut, des impreſſions dangereuſes. Banniſſez le châtiment corporel; il ébranle & avilit l'ame, diſpoſe à la dureté, à la haine, à la fourberie, & ne peut ni affoiblir ni détruire aucun penchant. N'employez la loi de force que dans le cas extrêmement rare, où celle de la raiſon ſouvent employée eſt abſolument impuiſſante. Evitez les regles & les défenſes; elles font connoître le mal, réveillent le penchant, l'exercent, le fortifient, & font faire de plus un apprentiſſage d'opiniâtreté. Tenez votre éleve, autant qu'il ſe peut, dans l'ignorance du mal, loin de l'occaſion, de la tentation. Ecartez ſans ceſſe avec ſoin touts les objets qui peuvent donner aux fibres & à l'ame le mouvement dont vous voulez les priver. Ne ceſſez pas, ſoit dans vos actions, ſoit dans vos diſcours, de donner l'exemple des vertus contraires aux vices que vous attaquez. Veillez plus ſur vous que ſur votre enfant. S'il a du penchant à la violence, employez toute votre attention pour être à ſes yeux un exemple continuel de calme & de paix. S'il s'emporte devant vous, gardez un ſilence tranquille & froid; il eſt preſque certain que vous le calmerez; au lieu que vous mettriez tout ſon ſang en efferveſcence, ſi vous vous emportiez devant lui : on a vu quelquefois la violence d'un peuple entier ſe réprimer à l'aſpect d'un homme ferme & tranquille. Cette conduite ſoutenue avec patience diminuera le nombre des accès, & je ne doute pas que vous ne les rendiez extrêmement rares.

Le penchant à la cruauté peut ſe corriger par des moyens à peu près ſemblables. Ce fut peut-être l'opinion ſeule, & non pas une bonté naturelle, qui engagea les premiers Indiens à ne tuer aucun animal : mais quelle que ſoit la causſe de cette coutume, elle a rendu toute une nation douce & affable. Nous voyons d'une autre part que ceux dont le métier eſt de répandre le ſang des animaux, ou de faire ſur le corps humain des opérations douloureuſes, perdent en partie cette compaſſion que la nature nous inſpire. Entretenons dans nos enfants ce précieux ſentiment; (eh! puiſſe-t-il regner ſouverainement dans le cœur de touts les hommes!): exemple, diſcours, raiſon, habitude, raſſemblons tout pour le fortifier; éloignons d'eux tout ce qui peut y porter la moindre atteinte. L'habitude la plus dangereuſe qu'ils puiſſent contracter à cet égard, eſt celle de ſe faire un jeu de la douleur des animaux; faiſons leur entendre que, dès que cette action ne peut avoir aucune utilité, elle eſt inſenſée: dès qu'il n'y a point de néceſſité, n'eſt-ce pas une barbarie que priver de ſon bonheur un être ſenſible?

L'exercice augmente les forces de nos facultés: on peut donc, en fortifiant les organes par ſon moyen, faire germer les penchants cauſés par leur diſpoſition, faire naître les inclinations refuſées par la nature, & diminuer celles qui ſeroient l'effet d'un excès de foibleſſe : en fortifiant la diſpoſition à l'exercice raiſonnable de nos facultés, on affermit dans le bien; qu'un enfant paroiſſe humain, généreux, bienfaiſant, affable, on fortifie ces penchants en exerçant ces vertus; s'il ne les tient pas de la nature, la pratique & l'exemple les inſpirent, & leur fréquence y modifie l'ame. En imprimant aux fibres trop molles un mouvement augmenté par degrés, on peut leur donner du reſſort, & affoiblir ou même détruire le penchant à la pareſſe, qui eſt l'effet de cette inertie.

Appliquez dès le plus bas âge ces moyens de perfectionner le méchaniſme des organes, & de leur action ſur l'ame; ils ſont alors tendres & flexibles : mais quand ils ont été pliés par la coutume & roidis par le temps, ils réſiſtent puiſſamment aux efforts qui tendent à les redresser. L'expérience en est commune, tant à l'égard des mœurs que des manieres, dans ceux qui passent de leur patrie dans un pays étranger, soit d'une province à l'autre du même état, soit même d'une société particuliere dans une autre. Quand on est dans ce cas, quelquefois fâcheux ; on éprouve une inquiétude gênante, un embarras désagréable ; on sent qu'une autre situation seroit meilleure, mais qu'on ne peut pas fléchir les organes à son gré : cependant le jugement & la réflexion peuvent y apporter quelque changement.

Lorsqu'on a tenu dans l'inaction les organes dont le mouvement peut développer ou produire les penchants vicieux, & qu'on a sans cesse employé ceux qui peuvent causer les penchants utiles ; ils sont d'autant plus fermes & persévérants dans leur habitude, que l'exercice du corps les a rendus plus sains & plus forts. Joignez à ces moyens ceux de développer la force du jugement ; instruisez par degrés des principes raiſonnés de la morale; pénétrez dans les détails à meſure que l'âge augmente; & vous pourrez eſpérer beaucoup pour le reſte de la vie. L'homme eſt deſtiné à la raiſon; il y eſt entraîné par un penchant naturel qui dépend de ſa conſtitution totale. Ce penchant indeſtructible forme & entretient le ſentiment que nous appellons conſcience : c'eſt lui qui éleve en nous les doutes, les inquiétudes, les remords que nous éprouvons, & qui reviennent ſans ceſſe, malgré l'adreſſe que nous employons à couvrir nos vices d'une apparence de raiſon. Ces troubles intérieurs qui agitent touts les hommes ſont d'autant plus violents que leur jugement eſt plus fort : Tibere & Caligula en avoient une ombre; dans Alexandre ils étoient terribles.

Un autre effet composé de la ſenſibilité de l'homme, & de l'inſtinct qui le porte à la raiſon, c'eſt qu'il ne ſe détermine à l'action, qu'après avoir comparé le bien & le mal qu'elle peut lui faire : il s'en abſtient, dès qu'il la juge plus fertile en douleurs qu'en plaiſirs, ſoit préſents, ſoit à venir. Cette abſtinence réitérée, tempérant le mouvement naturel & habituel des organes, affoiblit néceſſairement, & peut même détruire en certains cas le penchant que nous avons à ce mouvement & à l'action qui en eſt la ſuite. Ainſi l'homme, de lui même & par ſa propre volonté, ſe formera d'autant plus à la vertu, qu'il verra plus diſtinctement que le vice eſt toujours ſuivi de peines; la vertu, de plaiſirs: & ces deux vérités me paroiſſent évidentes pour un eſprit ſain. Plus il aura de force & de connoiſſances, plus il ſera capable de diſtinguer nettement toutes les parties de ſon objet, de ſuivre dans touts leurs rameaux les conſéquences d'une action, de voir clairement le rapport du bien & du mal qu'il en doit attendre. Au contraire, un eſprit foible, incapable de ſaiſir un enchaînement d'effets, confond le juſte & l'injuſte, le crime & l'innocence, la raiſon & le préjugé, la loi raiſonnable & celle qui n'eſt qu'arbitraire; il croit, en commettant le crime, obéir à la nature; en ſuivant ſon faux raiſonnement, ſe conformer à la raiſon. Sa vue attachée ſans ceſſe au bien que l'action qu'il médite lui doit produire, ne peut quitter l'objet qui le flatte, pour conſidérer les ſuites néceſſaires ou probables de ce qu'il va faire; il s'abandonne à la fortune, eſpérant d'autant plus le ſecret & l'impunité, qu'il les a plus ſouvent obtenus, & qu'il entrevoit l'événement ſous une vue plus générale & plus foible.

Ce que le raiſonnement nous découvre à cet égard, l'expérience le confirme. Les voleurs, les aſſaſſins ſortent plus fréquemment de la claſſe des citoyens dont l'eſprit eſt le moins cultivé. Le déſordre & la confuſion des idées de ces ſcélérats, l'audace de leurs démarches, la fauſſe combinaiſon de leurs meſures, les précipitent à leur perte. On dit communément que le crime aveugle; on diroit avec plus de juſteſſe,

que

que l'aveugle commet le crime. Si l'on ſuppoſe que l'intérêt ſoit le même; la foibleſſe de l'eſprit pourroit être la meſure de la ſcélérateſſe : l'aſſaſſin eſt plus ſtupide ; le voleur l'eſt moins ; le filou eſt plus ſpirituel : ils ont touts le jugement foible. Lorſque cette foibleſſe a fomenté les penchants nuiſibles; ils ne ſont plus affoiblis ou contenus que par la crainte d'une peine inévitable. La difficulté de l'éviter diminue en raiſon de ſa rigueur & de ſa diſproportion avec le crime, parce qu'alors il y a moins d'accuſateurs.

Je citerai encore un penchant vicieux, auquel cette claſſe inculte eſt plus ſujette que les autres, & que la force de l'eſprit peut affoiblir & détruire. L'uſage de la raiſon n'eſt point un plaiſir pour ceux en qui elle eſt foible; ils ne craignent point de le perdre par l'excès des liqueurs fortes : tels ſont les hommes peu cultivés & les peuples barbares. Au contraire, ceux pour qui le plaiſir de faire uſage de la raiſon eſt plus grand que celui de boire, ne peuvent pas s'abandonner à l'ivresse : l'Europe adonnée long-temps à ce vice y a renoncé, dès qu'elle est parvenue à certain degré de lumieres.

Après la derniere classe des citoyens, la premiere est la moins bonne par les mêmes raisons. L'abondance y entretient la mollesse & l'oisiveté ; les charges, les emplois, les richesses, les honneurs, y sont assurés : on y croit facilement faire une chose inutile, en prenant la peine de les mériter. On y rassemble auprès d'un enfant, des gouverneurs, des maîtres, des précepteurs, tout l'appareil de l'éducation ; mais il est plus difficile d'y en obtenir l'effet. S'il n'est porté vers le mal ni par les préjugés ni par les exemples domestiques ; ceux qui l'entourent le sont vers leur intérêt ; & cette passion en fait des complaisants à gages, qui se pliant servilement aux volontés de leur maître, l'abandonnent à ses penchants, & à l'exemple que le sort lui offre. L'art de l'éducation qui devroit dans leurs mains être utile au bonheur public, y devient un vain art de luxe ; comme celui de la ſculpture, qui rappelloit autrefois le ſouvenir des grandes vertus, n'eſt plus qu'un art d'oſtentation. Il eſt impoſſible que la force d'un eſprit auſſi peu exercé puiſſe balancer les intérêts qui s'offrent ſouvent aux premiers rangs d'un grand état.

La claſſe mitoyenne eſt meilleure, & c'eſt une conſéquence du même principe : l'eſprit y eſt plus cultivé ; l'éducation totale, plus ſoignée. Dans la premiere on néglige également le corps & l'eſprit ; dans la derniere on n'exerce que le corps ; dans celles dont je parle, les forces de l'un & de l'autre ſe balancent mieux. De même que les crimes y ſont plus rares, les vertus y ſont plus fréquentes ; on y trouve plus ſouvent les talents & le génie ; & l'on a toujours obſervé que les grands & les princes qui ont mérité le plus de gloire, furent exercés long-temps par une vie privée, avant que d'être élevés au rang qu'ils ont dignement rempli : de touts les hommes fameux que je peux citer ici, je nommerai ſeulement Veſpaſien, Titus, Henri IV, & parmi ces grands noms je trouve encore Frédéric II.

Quand la violence des penchants eſt ſi grande que la force de l'eſprit ne peut l'affoiblir, elle en empêche du moins les funeſtes ſuites. Prenons pour exemple la paſſion la plus impétueuſe & la plus à craindre ; je veux dire, la colère. Dans cette paſſion méchanique, l'eſprit foible perd toute idée ; il ne voit, n'entend, ne connoît rien ; il eſt emporté par elle comme une maſſe de rocher l'eſt par un torrent qui l'emploie à renverſer ce qui s'oppoſe à ſon paſſage. Mais dans un eſprit qui peut enchaîner fortement toutes ſes idées, quelque rapides que puiſſent être les mouvements des organes ; la penſée, infiniment plus rapide, lui préſente dans un inſtant indiviſible l'idée de l'action qu'il va faire, jointe à l'horreur de ſes ſuites : il ſe contient, rentre en lui-même, & ne ſent plus de ſa fureur qu'une honte ſecrette.

Dans ce cas & d'autres ſemblables, l'intelligence peut ſeule arrêter le mouvement déterminé des organes, qui ne ſont que des inſtrumens ſerviles, & en effet elle l'arrête ; il y a plus d'un homme, qui, naturellement timide, doit ſa fermeté dans le péril au ſoin de ſa renommée : il eſt évident que plus l'intelligence eſt perfectionnée, plus elle a de pouvoir.

La force de l'eſprit eſt pour nous un inſtrument univerſel : c'eſt par elle que nous pouvons ſéparer des idées mal aſſorties, & détruire les penchants cauſés par leur union fantaſtique. Nous ſommes à cet égard ſemblables à un homme qui voit de loin deux objets placés ſur ſon axe viſuel, à quelque diſtance l'un de l'autre. Tant qu'il reſte dans la même poſition relativement à ces objets ; il les croit réellement unis, comme leurs images le ſont dans ſon œil : mais, s'il change de lieu, tandis que ces objets restent immobiles ; il les voit avec étonnement séparés par un long intervalle. Faisons sur nos idées la même expérience ; transportons nous en d'autres lieux que notre pays natal, & voyons si l'on observe entre elles le même rapport de touts les points de la terre. La disconvenance des idées réunies par l'habitude dans l'esprit d'une autre société frappe nos yeux comme la lumiere : si quelques-unes de nos opinions se présentent sous un ridicule aussi distinct à un certain nombre d'hommes, nous pouvons au moins soupçonner qu'elles n'ont pas la vérité que nous leur supposons : mais si la plûpart de nos semblables nous jugent sur le même point avec la même rigueur, & s'étonnent de voir de telles chimeres subsister en des têtes humaines ; notre soupçon devient probabilité, & nous devons soumettre alors nos idées à l'examen de la raison. La connoissance des erreurs de toutes les autres nations nous porte involontairement à cet examen ; celle du méchanisme qui les cause nous y rend plus attentifs ; & celui de qui l'esprit s'exerce depuis l'enfance à composer, abstraire, analiser, recomposer ses idées, en apperçoit nettement la relation naturelle. Un tel homme sait distinguer ses mouvements secrets & pénétrer jusqu'à leurs causes. Il pratique le précepte de Solon, γνῶθι σεαυτόν (connois-toi toi-même) : les fictions même de la vanité paroissent à ses yeux ce qu'elles sont en effet. D'abord content de ce qu'il sait, comme le veut la nature, il ne tarde point à en juger mieux par voie de comparaison. L'évidence avec laquelle il voit les défauts, les préjugés, les erreurs des autres hommes, lui prouve qu'ils voient de même les siens, qu'ils savent également apprécier ses talents, ses forces, & que prétendre les tromper à cet égard, c'est la plus grossiere des erreurs : en effet notre amour propre, avec ses rafinements, ses adulations, ses sophismes, eſt plus ſouvent trompé qu'il ne trompe.

C'eſt auſſi en augmentant la force du jugement qu'on peut affoiblir ou détruire le penchant à la flatterie : un eſprit vigoureux, une ame forte abhorre ce vice. C'eſt encore par ce moyen qu'on peut affoiblir le penchant à la paſſion la plus inſatiable, & peut-être la plus puiſſante, je veux dire l'ambition. Il eſt reconnu généralement que ceux qui exercent leur eſprit par l'étude des arts & des ſciences, ſont modérés dans leurs deſirs ; & ſi l'on entend avec moi par force d'eſprit, la juſteſſe du jugement & la puiſſance de raſſembler le plus grand nombre de détails ſous l'idée la plus générale ; on trouvera que les plus forts génies n'ont point connu l'ambition. On voit des politiques dont les projets vaſtes, le bonheur, l'audace, éblouiſſent dans les âges ténébreux les yeux de touts les hommes ; ils les regardent avec ſurpriſe, les admirent, & les redoutent. Mais lorſque la lumiere de la raiſon fait enfin pâlir leur faux éclat, & nous permet de les enviſager d'un œil plus ferme ; que voyons-nous dans ces demi-dieux ? Des ames élevées, mais cruelles : des projets vaſtes, mais inhumains ; des vues grandes, mais funeſtes ; des ſuccès fortunés, mais opérés par des crimes. Si la cauſe de ces actions ne paroît pas un vrai délire, ſi l'infériorité de ces hommes trop fameux n'eſt point aſſés claire pour certains eſprits encore imbus de préjugés ; plaçons leurs prétendus héros à côté des Epaminondas, des Ariſtides, des Cincinnatus ; ou, pour faire le parallele avec plus d'exactitude, à Romulus oppoſons Numa, à Tarquin Servius.

De même qu'en ſéparant les idées diſconvenantes, c'eſt-à-dire, en inſérant parmi elles une nouvelle idée qui ſoit comme un ſigne de leur diſſonance; on détruit les penchants vicieux dont leur union étoit cauſe ; en joignant dans l'entendement les idées qui ſe conviennent, on fera naître des penchants utiles. Si l'on a fortement uni dans l'eſprit d'un enfant l'idée de vertu & celle de bien; ſi l'on y a joint celles d'honneur, d'eſtime, de bienveillance & d'amour d'autrui; ſi l'on y a cimenté l'idée de vice & celle de mal avec les idées de mépris, d'opprobre, & de haine publique; ſi on l'a rendu capable de voir évidemment la convenance naturelle qui exiſte entre ces idées; rien n'en pourra détruire ni l'union ni les effets, qui ſont néceſſairement des penſées, des penchants, des actions utiles.

On peut appliquer à tout penchant les principes que je propoſe : ils ne forment point un ſyſtème; ils ſont, non pas inventés, mais apperçus dans la nature, & leurs fondements ſont des faits. Si l'application en eſt difficile; c'eſt que l'art de former les mœurs a ſes degrés comme touts les arts; les ſuccès répondront aux qualités du ſujet & aux talents de l'inſtituteur. Si le fils d'Agrippine & de Domitius, élevé dans ſon enfance par un hiſtrion, & remis ſeulement à l'âge d'onze ans entre les mains de Séneque, apprit de ce philoſophe à priſer ſa réputation, à reſpecter l'opinion publique, à contraindre quelque temps ſon naturel monſtrueux; que ne peut-on pas eſpérer pour le reſte des hommes d'une ſuite de principes fondés ſur la nature & la ſur raiſon? Si l'homme en qui les mouvements des organes vicieux ſeront amortis par l'inaction; ceux des organes bien diſpoſés, fortifiés par l'exercice; le corps & le jugement, ſains & forts; n'eſt pas le plus capable d'analyser ſes idées, de les connoître, de les compoſer d'après la nature & la raiſon, de diſtinguer les ſuites du vice & de la vertu, de maîtriſer ſes penchants, qui ſont les effets des mouvements des organes & des idées ou manieres d'être de l'ame, de faire ſon bonheur & celui des autres; quel eſt-il? Je l'ignore & le demande. Je ſuis au moins certain de ne pas l'apprendre de l'éducation qui eſt en uſage: on en connoît généralement l'insuffisance & les vices (*f*).

SECTION II.

Des coutumes contraires aux principes qui viennent d'être établis.

IL y a des peuples qui sont dans l'usage de serrer leurs enfants entre des planches, afin de leur aplatir le corps; quelques-uns ne leur serrent que la tête:

(*f*) Les détails de la théorie que je viens d'exposer, peuvent être perfectionés par des recherches faites sur quelques enfants par voie d'expérience: nous ne connoissons point à cet égard les voies primitives & les forces de la nature: cependant on ne peut faire aucune découverte qui soit plus utile & plus intéressante; celle-ci perfectioneroit l'histoire naturelle de l'homme, & l'art de l'éducation, qui contribue tant à son bonheur: ces expériences seroient dignes d'un prince ami de l'humanité.

ceux-ci veulent qu'elle ſoit pointue ; & de même qu'un ſculpteur preſſe l'argile dont il fait un buſte, ils pétriſſent la tête de leurs enfants, & lui donnent la forme pyramidale ; ceux-là les font paſſer ſubitement du grand chaud au grand froid en les plongeant dans l'eau froide à l'inſtant de leur naiſſance : d'autres, qui ſont dans l'ignorance la plus profonde de la diététique, croient toucher au fin de l'art, en employant ſelon leurs caprices les calmants, les atténuants, les cholagogues, les mélanagogues. Ainſi des hommes qui ne ſavent point comment la nature procéde à la nutrition & à l'accroiſſement des corps organiques, ont la témérité d'interrompre ſon cours ordinaire pour ſuivre l'aſſociation de quelques idées biſarres, & par ce genre d'égarement détruiſent en partie les forces du corps & de l'ame de leurs deſcendants.

Ici je peux dire à plus d'un lecteur, de quoi riez-vous ? C'eſt vous auſſi de qui je parle. Au moment où la nature, qui ne ſuit que des loix ſages, délivre un enfant de la contrainte où il eſt au ſein de ſa mere, & lui donne la liberté d'étendre & de mouvoir ſes membres, vous le rendez immobile, vous lui faites éprouver la plus grande gêne, vous empêchez par des liens étroits la nutrition, l'accroiſſement, le développement de ſon corps; vous lui ôtez un de ſes biens les plus précieux, le ſoin de ſa mere, pour le livrer à une nourrice gagée qui le laiſſe dépérir par négligence, avarice, corruption de ſon propre ſang, ignorance, ou ſtupidité. L'uſage des corps de baleine, que vos femmes ne conſervent que dans la vue de vous plaire, les tient dans une gêne perpétuelle de corps & d'eſprit : cette contrainte empêche l'effet des légers exercices que vous leur faites prendre à ces deux égards : toutes ſont délicates, ont l'eſtomac foible, les mouvements gênés, l'épine du dos, les épaules, & la poitrine, plus ſouvent viciées qu'elles ne le ſont dans les hommes.

Cette contrainte a ſur l'eſprit des effets moins apparents, mais non moins certains. Je ne ferai point l'énumération des vices de ſtructure, des défauts de forme, des privations de beautés & de graces, des obſtacles au jeu de touts les muſcles, & ſur-tout de ceux qui font reſpirer & digérer, des incommodités & des maladies que ces entraves cauſent plus ou moins ; cette énumération ſeroit trop longue : mais je dirai que ces liens étroits, altérant viſiblement la diſpoſition des organes, affoibliſſent lespenchants heureux qu'elle produit & peuvent faire naître des penchants nuiſibles : je dirai que leur effet ſur le corps pouvant donner la mort, comme il eſt prouvé par des exemples, & celui qu'ils ont ſur les opérations de l'ame, pouvant cauſer un affoibliſſement tout voiſin de la ſtupidité, il y a une témérité inſenſée à les employer : je dirai qu'il eſt barbare de rendre les femmes victimes des préjugés qu'on leur donne, de les forcer à mener une vie languiſſante, à jouir moins & moins long-temps des biens de la vie, à réſiſter mollement aux inclinations dangereuſes, à reſter beaucoup au deſſous des forces d'eſprit & de corps, des penchants heureux, des vertus dont elles étoient capables, à perdre une partie du bonheur que leur deſtinoit ſa bienfaiſante nature : je dirai qu'après avoir détruit en elles la conformation naturelle & l'énergie des organes, nous ne devons pas être ſurpris que nos enfants ſoient mal ſains & foibles, que la plûpart meurent en bas âge, que l'eſpéce dégénère & ſoit moins nombreuſe, & que le ſiécle de nos peres, inférieur à cet égard à celui de nos aïeux, nous ait produits plus foibles & diſpoſés à donner une race plus débile.

Le tirannique uſage condamne auſſi les trois quarts & demi des hommes à la foibleſſe du jugement, & à la diminution du bonheur particulier & public, laquelle en eſt l'effet néceſſaire. Quant à ceux que l'on cultive,on exerce plus leur mémoire que leur jugement. On leur fait apprendre plusieurs définitions fausses des différentes parties du discours, & plusieurs mots d'une langue étrangere; on les leur fait arranger selon des régles bisarres. Après que leur esprit a langui dans ces ténèbres, on lui présente quelques vérités environnées de beaucoup d'erreurs; & sa foiblesse ne permettant pas qu'il distingue les unes des autres, il puise à l'aventure en cet assemblage informe. Heureux encore le disciple, qui instruit de cette maniere ne prend du savoir que des idées fausses. S'il est trop lent dans ses progrès, au gré de la vanité d'un maître impérieux; celui-ci presse, menace, ébranle son éleve jusqu'au fond de l'ame par le vil sentiment d'une frayeur animale: alors, comme un cheval qui, pressé par l'éperon pour franchir un mauvais pas, fait un effort extraordinaire & se blesse quelquefois; l'enfant, rassemblant toutes ses forces, fait un effort dangereux

& franchit la difficulté : s'il ne le peut pas, le deſpotiſme magiſtral ſe déploie ; le pédagogue s'emporte, injurie, frappe, & fait déteſter & les livres & la ſcience & l'exercice de la raiſon.

Mais l'enſeignement de la morale ſe fait peut-être plus ſagement que celui des belles-lettres ? Il conſiſte en préceptes, qui inſtruiſent ſouvent de vices qu'on ne connoît pas, en ordres deſpotiques qui donnent l'envie de les enfreindre, en châtiments corporels, en craintes ſerviles qui font des fourbes & des flatteurs : il eſt rare qu'on y emploie le raiſonnement, la perſuaſion, la bonté ; qui cependant ſont les ſeuls moyens de conduire & de former des êtres raiſonables ; la loi de force eſt la loi des brutes. Lorſque par cette loi dépourvue de ſens on a énervé l'eſprit & le jugement des hommes ; on leur débite emphatiquement des maximes de morale : on commence par les aveugler, & on les entretient enſuite des avantages de la vue.

Ainſi, depuis l'enfance juſqu'à la mort, la fortune & les préjugés nous font tomber d'erreur en erreur, de faute en faute, d'un état malheureux dans un état pire; au lieu que la nature & la raiſon nous guideroient de bien en bien & de plaiſir en plaiſir. Saiſiſſons les moyens qu'elles nous offrent, d'augmenter notre bonheur, de raſſembler en nous plus de vérités que d'erreurs, plus de penchants vertueux que d'inclinations vicieuſes, plus de force que de foibleſſe. Sortons de notre indolence, & briſons ce joug d'opinions biſarres dont tout mortel connoît le poids, d'uſages pernicieux qui ont pris naiſſance dans les âges ténébreux, de coutumes qui révoltent la raiſon & la nature. Peut-on voir ſans frémir.....? Reſtons en ſilence; il y a des préjugés, non reſpectables, mais à craindre, quand on ne peut pas eſpérer de les anéantir.

FIN.

www.ingramcontent.com/pod-product-compliance
Ingram Content Group UK Ltd.
Pitfield, Milton Keynes, MK11 3LW, UK
UKHW020342180726
13839UKWH00002B/872